FRANCESCA SIMON

# FELAKET HENRY'NIN İNTİKAMI

*Horrid Henry's Revenge*

İLLÜSTRASYON **Tony Ross**
ÇEVİREN **Bahar Siber**

i l e t i ş i m

*Chris, Harris, Wendy Kinnard,*
*Ben, Sophie ve Jessica'ya sevgilerimle*

# İÇİNDEKİLER

# 1
........
# FELAKET HENRY'NİN İNTİKAMI

ŞAP!

"Aağğğhhhh!"

ŞAP! ŞAP! ŞAP!

"Annneeeeee!" diye bağırdı Peter. "Henry bana vurdu!"

"Vurmadım!"

"Vurdu! Hem vurdu hem ısırdı!"

"Kes şunu Henry!" dedi Anne.

"Ama her şeyi Peter başlattı!" diye bağırdı Henry.

"Başlatmadım!" diye ağlamaya başladı Peter. "Henry başlattı!"

Felaket Henry, Mükemmel Peter'a ters ters baktı.

Mükemmel Peter da Felaket Henry'ye ters ters baktı.

Anne yazdığı mektubun başına döndü. Felaket Henry, ani bir hamleyle Peter'ın üzerine atıldı ve saçını çekti. Zehrini akıtan bir kobra yılanı oluvermişti.

"Ciyaaaakkkkk!" diye bağırdı Peter.

"Çabuk odana, Henry!" diye bağırdı Baba. "Bugün sana yeteri kadar tahammül ettim!"

"Peki, öyle olsun!" dedi Henry. "Senden nefret ediyorum, Peter!" diye avazı çıktığı kadar bağırdı ve güm güm adımlarla odasına çıkarak kapıyı ardından hızla kapattı.

Bu haksızlıktı! Peter hiç odasına gönderilmiyordu. Oysa Felaket Henry *kendi* odasına o kadar sık gönderiliyordu ki, neredeyse tüm hayatı burada geçiyordu. Henry geğirse, Peter onun başına dert açmak için fırsat biliyordu.

"Anne! Henry tavana bezelye fırlatıyor!"

"Baba! Henry gizlice şekerleme yiyor!"

"Anne! Henry yeni koltuğun üzerinde yemek yiyor!"

"Baba! Henry telefonla oyun oynuyor!"

Felaket Henry'nin artık canına tak etmişti. Bu kurbağa suratlı, ispiyoncu muhallebi çocuğundan bıkıp usanmıştı.

Ama Peter konusunda ne yapabilirdi ki? Onu köle olarak Huysuz Margaret'e satmayı deneyebilirdi, ama Henry Margaret'in onu tekrar satın almak isteyeceğini hiç sanmıyordu. Nasıl büyü yapıldığını bilseydi, Peter'ı kurbağaya, böceğe ya da solucana çevirebilirdi. Evet! Bu harika olmaz mıydı? Solucan Peter'ı, 10 penny karşılığında herkese gösterirdi. Ve eğer solucan Peter, Henry'nin sözünden çıkacak olursa, onu derhal balıklara yem yapardı. Felaket Henry gülümsedi.

Sonra iç geçirdi. Gerçek şuydu ki, Peter konusunda eli kolu bağlıydı. Onu ne satabiliyor, ne de solucana çevirebiliyordu. Ama Henry'nin yapabileceği bir şey daha vardı: Peter'ın başını derde sokabilirdi.

Ne yazık ki Peter'ın başını derde sokmak, pek o kadar kolay bir şey değildi. Peter asla yanlış bir şey yapmazdı. Peter'ın başını derde sokmanın tek yolu, ona oyun oynamaktı. Bütün yıl sürecek olsa da, Felaket Henry mükemmel bir plan hazırlamaya ant içti. Peter'ın başını derde sokacak bir plan. Büyük, çok BÜYÜK bir derde. Planı en az, Peter'ı solucana çevirme planı kadar zevkli olacaktı.

"Sana gününü göstereceğim, Peter," diye homurdandı Henry, oyuncak ayısı Bay Keklik'i yatağın parmaklığına çarparken. "Senden intikamımı alacağım!"

"Ne yapıyorsun Henry?" diye sordu Peter.

"Hiçbir şey," dedi Felaket Henry. Hemen bahçenin sonundaki elma ağacının etrafında dolaşmayı kesip olduğu yerde durdu.

"Bir şey yapıyordun, yaptığını biliyorum," dedi Peter.

"Ne yaptığım seni ilgilendirmez, seni ispiyoncu," dedi Henry.

"Bir şey mi buldun?" dedi Peter. Ağacın dibine baktı. "Ben bir şey göremiyorum."

"Belki," dedi Henry. "Ama sana söylemeyeceğim. Çünkü sır saklayamazsın."

"Saklayabilirim."

"Ayrıca daha çok küçüksün," dedi Henry.

"Hayır değilim," dedi Peter. "Ben büyük bir çocuğum. Anne öyle söyledi."

"Ne kadar kötü," dedi Felaket Henry. "Şimdi buradan git ve beni yalnız bırak. Önemli bir şey yapıyorum."

Mükemmel Peter on adım kadar uzaklaştı, sonra dönüp Henry'yi seyretmeye başladı.

Felaket Henry, bir şeyler arar gibi çimleri dikkatle inceleyerek ağacın etrafında dolanmaya devam etti. Sonra ıslık çalarak dizlerinin üzerine çöktü.

"Ne buldun?" dedi Mükemmel Peter hevesle. "Hazine mi?"

"Hazineden çok daha iyi bir şey," dedi Felaket Henry. Yerden bir şey alıp avcuna sakladı.

"N'olur bana da göster," dedi Peter. "N'olur, lütfen!"

Felaket Henry düşündü.

"Sana bir şey söyleyeceğim, ama önce söyleyeceklerimi kimseye anlatmayacağına Mor El huzurunda yemin etmelisin."

"Yemin ederim," dedi Peter.

"Uzaylılar sana işkence etseler bile mi?"

"Uzaylılar bana işkence etseler bile!" diye bağırdı Peter.

Felaket Henry işaret parmağını dudaklarına götürdü, sonra da sessiz adımlarla kaleye kadar gitti. Peter onu takip etti.

Dalların arasına saklandılar. "Sana anlattıklarımı başka kimsenin bilmesini istemiyorum," diye fısıldadı Henry. "Yoksa kaçarlar."

"Kim?" diye sordu Peter fısıltıyla.

"Periler," dedi Henry.

"Periler mi?" diye sordu Peter tiz bir sesle. "Yani sen bana peri gördüğünü mü söylüyorsun?"

"Şşşt!" diye tısladı Henry. "Birine söyleyecek olursan kaçar giderler."

"Söylemem," dedi Mükemmel Peter. "Söz. Vay be, peri! Hem de bahçemizde! Henry! Demek periler! Bekle de öğretmenime söyleyip geleyim."

"HAYIR!" diye çığlık attı Felaket Henry. "Hiç kimseye söyleme. Özellikle de büyüklere. Periler büyüklerden nefret eder. Büyüklerin kokusu onları rahatsız eder."

Mükemmel Peter eliyle ağzını kapattı.

"Özür dilerim, Henry," dedi.

Felaket Henry, avcunu açtı. Avcu sim tozuyla kaplanmıştı.

"Peri tozu," dedi Felaket Henry.

"Bildiğimiz sime benziyor," dedi
Mükemmel Peter.

"Tabii ki benzeyecek," dedi Felaket
Henry. "Simin nereden elde edildiğini
zannediyorsun?"

"Vay be," dedi Mükemmel Peter. "Simin
perilerden geldiğini bilmiyordum."

"Şimdi öğrendin işte," dedi Henry.

"Onları görebilir miyim?" diye sordu
Peter. "Lütfen onları görmeme izin ver!"

"Sadece gecenin sonunda dışarı çıkıp dans ederler," dedi Felaket Henry.

"Yatma vaktinden sonra mı?" dedi Mükemmel Peter.

"Elbette," dedi Felaket Henry. "Periler geceyarısı uyanırlar."

"Öyle mi?" dedi Peter. Yüzü düşmüştü.

"Sana henüz çok küçük olduğunu söylemiştim," dedi Henry.

"Bekle," dedi Mükemmel Peter. "Eğer sadece geceyarısı geliyorlarsa, *sen* onları nasıl gördün?"

"Gizlice dışarı çıkıp elma ağacının arkasına saklanarak," dedi Henry. "Tek yolu bu."

"Yaa," dedi Mükemmel Peter. "Hımm," dedi Mükemmel Peter. "Hımmm," dedi Mükemmel Peter.

"Bu gece onları görmeye geleceğim," dedi Henry.

"Acaba onlara saat yedi buçuktan önce gelmelerini söyleyebilir misin?" dedi Peter.

"Tabii, neden olmasın ki?" dedi Henry. "Periler bana baksanıza! Kardeşim kendisi için saat yedide dans etmenizi istiyor." "Aa tabii Henry," dedi Henry tiz bir peri sesiyle. "Perilerle konuşulmaz. Ağacın arkasına saklanırsın. Eğer onları seyrettiğimi öğrenirlerse, kaçar gider, bir daha da geri dönmezler."

Mükemmel Peter azap içindeydi. Perileri görmeyi, hayatta her şeyden daha çok istiyordu. Ama ışıklar kapandıktan sonra yataktan kalkmak... Sonra da gizlice dışarı çıkmak... Ve ağaca tırmanmak... Üstelik ertesi gün okula gidecekken... Bu kadarı çok fazlaydı.

"Yapamam," diye fısıldadı Mükemmel Peter.

Henry omuz silkti. "Bebek, n'olucak. Git uyu sen."

Peter, kendisine bebek denmesinden nefret ederdi. Bu, "Bezli"den sonra, Henry'nin ona söylediği en kötü şeydi.

"Ben bebek değilim."

"Evet öylesin," dedi Henry. "Şimdi çek git, bebek. Hayatının geri kalanında, gerçek periler görme fırsatını kaçırdığın için pişmanlık duyduğunda, sakın bana gelme."

Felaket Henry, kaleden çıkmak için hamle etti.

Mükemmel Peter, sessizce yerinde oturmaya devam etti. Periler! Ama acaba geceleyin evden gizlice çıkacak kadar cesur ve kötü bir çocuk muydu?

"Sakın yapma," diye fısıldadı içindeki melek.

"Mutlaka yap," diye fısıldadı içindeki şeytan. Peter'ın içindeki şeytan, Peter'ın içindeki melek tarafından sürekli bastırılan,

küçük, mutsuz ve çelimsiz bir yaratıktı.

"Geleceğim," dedi Mükemmel Peter.

İŞTE OLDU! diye düşündü Felaket Henry.

"Pekâlâ," dedi Henry.

Pıt pıt pıt. Pıt pıt pıt.

Pıt pıt pıt. Pıt pıt pıt.

Felaket Henry, sessizce merdivenlerden aşağıya süzüldü. Mükemmel Peter onu takip etti. Henry yavaşça arka kapıyı açtı ve dışarı kaydı. Elinde ufak bir cep feneri vardı.

"Çok karanlık!" dedi Mükemmel Peter, bahçenin ucundaki gölgelere bakarak.

"Sessiz ol," diye fısıldadı Felaket Henry. "Beni takip et."

Yerde sürünerek çimenliği geçtiler ve elma ağacına vardılar.

Mükemmel Peter kafasını kaldırarak, bir hayalete benzeyen ağacın dallarına baktı.

"Benim için çok yüksek, tırmanamam," diye karşı çıktı.

"Hayır değil, ben sana yardım ederim," dedi Felaket Henry. Peter'ı kucakladı ve onu yukarı doğru itti. Peter en alttaki dalı yakaladı ve tırmanmaya başladı.

"Daha yukarı," dedi Henry. "Çıkabildiğin kadar çık."

Peter tırmandı. Tırmandı. Tırmandı.

"Bu kadar tırmanmak yeter," dedi Mükemmel Peter. Bir dalın üzerine yerleşti, sonra dikkatle aşağı baktı. "Hiçbir şey göremiyorum," diye fısıldadı.

Cevap gelmedi.

"Henry?" dedi Peter.

"Henry!" dedi Peter, sesini bir parça yükselterek.

Yine cevap gelmedi. Mükemmel Peter, karanlığın içine dikkatle baktı. Henry nerede olabilirdi ki? Acaba periler onu kaçırmış olabilirler miydi? Eyvah, bu gerçek olamazdı!

Sonra Mükemmel Peter korkunç bir şey gördü.

Ağabeyi eve doğru koşuyordu!

Mükemmel Peter neler
olduğunu anlamamıştı.
Henry neden perileri
görmek için
beklememişti ki sanki?
Neden Peter'ı yalnız
bırakmıştı?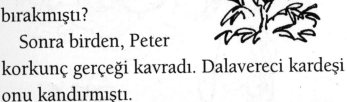

Sonra birden, Peter
korkunç gerçeği kavradı. Dalavereci kardeşi
onu kandırmıştı.

"Seni yakalayacağım – başın büyük
belaya girecek – seni – seni –" diye bağırdı
Peter. Sonra durdu. Bacakları alttaki dala
yetişmiyordu.

Mükemmel Peter aşağıya inemiyordu.
Gecenin bir yarısı, tek başına, bir ağacın
tepesinde hapsolup kalmıştı. Üç seçeneği
vardı. Henry'nin dönmesini ve ona yardım
etmesini bekleyebilirdi. Bu, zayıf bir
olasılıktı. Bütün gece hayalete benzeyen bu
nemli, soğuk, korkunç ağaçta uyuyabilirdi.
Ya da...

"AANNNEEEEEEEEE!" diye bağırdı Peter. "BABBAAAAAAAA!"

Anne ile Baba kendilerini dışarı attılar. İkisi de öfkeliydi.

"Burada ne işin var Peter?" diye bağırdı Anne.

"Seni korkunç çocuk!" diye bağırdı Baba.

"Henry'nin suçu!" diye ciyakladı Peter, Baba aşağı inmesine yardım ederken. "Beni buraya o getirdi! Beni ağaca o çıkarttı."

"Henry yatağında derin derin uyuyor," dedi Anne. "Evden çıkmadan kontrol ettik."

"Beni büyük hayal kırıklığına uğrattın, Peter," dedi Baba. "Sana bir ay boyunca pul toplamayı yasaklıyorum."

"AAĞĞĞĞ!" diye ağlamaya başladı
Peter.

"Kesin sesinizi," diye bağırdı komşular.
"Uyumaya çalışıyoruz."

Çoktan yerine dönmüş olan Felaket
Henry, yatağında gerinerek gülümsedi.
Kimse Felaket Henry kadar iyi uyuma
numarası yapamazdı.

Ne mükemmel bir intikam oldu, diye
düşündü Henry. Peter'ın başı belaya
girmişti. Henry ise huzurlu yatağındaydı.
Durumundan o kadar memnundu ki,

pijamasının yırtılıp kirlendiğini, üzerinin yaprakla dolduğunu fark etmemişti.

Ne yazık ki, ertesi sabah Anne hepsini fark edecekti.

# 2

# FELAKET HENRY'NİN BİLGİSAYARI

"Hayır, hayır, hayır, hayır, hayır!" dedi Baba.

"Hayır, hayır, hayır, hayır, hayır!" dedi Anne.

"Yeni bilgisayar sadece iş yapmak için kullanılacak," dedi Baba. "Benim işlerim, Anne'nin işleri ve de ev ödevleri."

"Bilgisayarda saçma oyunlar oynanmayacak," dedi Anne.

"Ama herkes bilgisayarda oyun oynuyor," dedi Henry.

"Bu evde oynamayacak," dedi Baba. Bilgisayara bakarak kaşlarını çattı. "Hımmm," dedi. "Bu şey nasıl kapanıyor acaba?"

"Böyle," dedi Felaket Henry ve "Kapat" düğmesine bastı.

"İşte," dedi Baba.

Bu haksızlıktı! Kaba Ralph'te Galaksilerarası Robot İsyanı oyunu vardı. Titrek Dave'de Yılan Efendilerin İntikamı III, Huysuz Margaret'te Zıpır Zapçı vardı. Felaket Henry'de ise Heceleme Şampiyonu, Sanal Sınıf, Yaşasın Sayılar vardı. Noel'de Basit Yoldan Dört İşlem hediye edilen İriyarı Bert dışında, hiç kimsenin bu kadar korkunç bilgisayar oyunları yoktu.

"Eğer oyun oynamayacaksan, bilgisayar almanın ne anlamı var ki?" dedi Felaket Henry.

"Heceleme becerini geliştirebilirsin," dedi Mükemmel Peter. "Ayrıca okul için kompozisyon yazabilirsin. Ben yarına bir tane yazdım bile."

"Ben heceleme becerimi geliştirmek istemiyorum!" diye bağırdı Henry. "Oyun oynamak istiyorum."

"Ben istemiyorum,"dedi Mükemmel Peter. "Elbette Bu Sebzenin Adını Bul oyunu olursa, o başka."

"Aferin Peter," dedi Anne.

"Siz dünyanın en kötü anne-babasısınız. Sizden nefret ediyorum," diye bağırdı Henry.

"Siz dünyanın en iyi anne-babasısınız. Sizi çok seviyorum," dedi Peter.

Felaket Henry'nin canına yetmişti. Hırlayarak Peter'in üzerine atıldı. Tüylerini yolduğu ördeği çabuk çabuk yiyen korkunç bir canavara dönüşmüştü.

"AĞĞHHHHH!" diye ciyakladı Peter.

"Hemen odana git, Henry!" diye bağırdı
Baba. "Bir hafta bilgisayarı kullanmak yok!"

"Göreceğiz bakalım," diye homurdandı
Felaket Henry, yatak odasının kapısını
ardından çarparken.

Hor. Hor. Hor.

Felaket Henry, Anne ile Baba'nın
odasının önünden sürünerek geçti ve
sessizce merdivenlerden aşağıya süzüldü.

Yeni bilgisayar orada duruyordu. Henry,
bilgisayarın önüne oturdu ve iştah dolu
gözlerle boş ekrana baktı.

Bazı oyunları nasıl ele geçirebilirdi
acaba? Birikmiş 53 penny'si vardı. Yılan
Efendilerin İntikamı I'i almaya bile yetmez,
diye düşündü umutsuzca. Tanıdığı herkes
bilgisayarda eğleniyordu. Kendisi dışında
herkes. Henry, etrafı kırıp döken uzaylıları
seviyordu. Henry, tabur halinde ilerleyen
orduları seviyordu. Henry dünyaya
hükmetmeyi seviyordu. Ama hayır. O

iğrenç anne-babası, sadece eğitici oyunlar oynamasına müsaade ediyorlardı. Iğğğ. Henry kral olunca, eğitici oyun hazırlayan herkes aslanlara yem olacaktı.

Felaket Henry etrafa bir göz gezdirip bilgisayarın açma düğmesine bastı. Belki ana bellekte saklı oyunlar vardır, diye düşündü umutla. Anne ile Baba bilgisayardan korkuyorlardı ve nereye bakmaları gerektiğini bilemezlerdi.

Ekranda "Şifre" kelimesi belirdi.

İyi bir şifre biliyorum, diye düşündü Felaket Henry. Hızla "Kokuşmuş Çoraplar" yazdı.

Felaket Henry daha sonra bilgisayarı

KOKUŞMUŞ ÇORAPLAR

aradı, taradı. Tekrar aradı, tekrar taradı.
Ama bilgisayda saklı oyun yoktu. Sadece
Anne'nin tablolarıyla, Baba'nın raporları
gibi sıkıcı şeyler vardı.

Lanet olsun, diye düşündü Henry.
Arkasına yaslandı. Anne'nin o sıkıcı
tablolarındaki bazı sayıların yerlerini
değiştirerek eğlenebilir miydi acaba? Yoksa
Baba'nın o saçma raporlarına "iğrenç" ya da
"evet, öğğk, sen bir ahmaksın" gibi laflar
mı ekleseydi?

Yok, bunlar pek bir işe yaramazdı.

Dur biraz, bu da neydi? Mükemmel
Peter'in kompozisyonu!

Bakalım neler yazmış, diye düşündü
Henry. Mükemmel Peter'in "Öğretmenimi
Neden Seviyorum?" başlıklı komposizyonu
ekranda belirdi.

Zavallı Peter, diye düşündü Henry. Ne
kadar sıkıcı bir başlık. Bakalım başlığı Peter
için düzeltebilir miyim?

Tıkır tıkır tıkır.

Peter'in komposizyonunun başlığı "Öğretmenimden Neden Nefret Ediyorum?" olmuştu.

Böylesi daha iyi, diye düşündü Henry. Okumaya devam etti.

> "Benim öğretmenin, öğretmenlerin en iyisi. Öğrenmeyi zevke dönüştüren, kibar ve eğlenceli biri. Bayan Sevecen'in sınıfında olduğum için çok şanslıyım. Bayan Sevecen'e üç kere hurra hurra hurra."

Canım benim. Kötüden de daha kötü, diye düşündü Henry. Tıkır tıkır tıkır.

"Benim öğretmenim, öğretmenlerin en kötüsü." Bir şey hâlâ eksik, diye düşündü Henry.

Tıkır tıkır.

"Benim şişko öğretmenin, öğretmenlerin en kötüsü."

Böylesi daha iyi, diye düşündü Henry. Şimdi de kompozisyonun geri kalanına bir bakalım.

Tıkır tıkır tıkır.

"Benim şişko öğretmenin, öğretmenlerin en kötüsü. Öğrenmeyi eziyete dönüştüren kaba ve korkunç biri. Bayan Çirkin'in sınıfında olduğum için çok şanssızım. Bayan Çirkin'e böööğ ve tısss."

Çok daha iyi oldu.

Kompozisyon diye ben buna derim işte, diye düşündü Henry. "Kaydet" tuşuna bastı ve peşinden de bilgisayarı kapayarak parmak uçlarında yatağına döndü.

"ARRHHHHH!"
"AAAHHHH!"
"HAYIIIIIR!"
Felaket Henry yatağından fırladı. Anne çığlıklar atıyordu. Baba çığlıklar atıyordu. Peter çığlıklar atıyordu.

Bu evde insan hiç rahatça dinlenemeyecek miydi? Henry merdivenlerden koşarak aşağı indi.

Herkes bilgisayarın başında toplanmıştı.

"Bir şey yap!" diye bağırdı Baba. "O rapora ihtiyacım var."

"Deniyorum!" diye bağırdı Anne. Birkaç tuşa bastı.

"Bilgisayar kilitlendi," dedi Anne.

"Kompozisyonum!" diye ağlamaya başladı Mükemmel Peter.

"Tablolarım!" diye ağlamaya başladı Anne.

"Raporlarım!" diye ağlamaya başladı Baba.

"Sorun nedir?" dedi Henry.

"Bilgisayar çöktü!" dedi Baba.

"Bu korkunç aletlerden nefret ediyorum," dedi Anne.

"Bilgisayarı çalıştırman gerek," dedi Baba. "Raporu bu sabah patrona vermem gerek."

"Yapamam," dedi Anne. "Bilgisayardaki dosyalara ulaşamıyorum."

"Anlayamıyorum," dedi Baba. "Bilgisayar bizden daha önce hiç şifre istememişti."

Felaket Henry, bir anda neler olup bittiğini kavradı. Şifreyi değiştirmişti. O olmadan kimse bilgisayarı kullanamazdı. Anne ile Baba, şifrenin ne olduğu hakkında hiçbir şey bilmiyorlardı. Felaket Henry'nin bilgisayarı çalıştrmak için tek yapması gereken, boşluğa "Kokuşmuş Çoraplar" şifresini yazmaktı.

"Ben yardım edebilirim Baba," dedi Felaket Henry.

"Gerçekten mi?" dedi Baba. Henry'nin yardım edebileceğinden kuşku duyuyor gibiydi.

"Emin misin?" dedi Anne. Henry'nin yardım edebileceğinden kuşku duyuyor gibiydi.

"Elimden geleni yaparım," dedi Felaket Henry. Bilgisayarın başına oturdu. "Oooo, yo hayır, yapamam," dedi Felaket Henry.

"Niye yapamayacakmışsın?" dedi Anne.

"Bilgisayar yasağım var," dedi Henry. "Hatırladın mı?"

"Tamam tamam, yasağın kalktı," dedi Baba kaşlarını çatarak. "Çabuk, acele et."

"On dakika sonra kompozisyonumla birlikte okulda olmam lazım!" diye sızlandı Peter.

"Benim de işe yetişmem gerek!" diye sızlandı Baba.

"Elimden geleni yapacağım," dedi Felaket Henry yavaşça. "Fakat bu oldukça zor bir soruna benziyor."

Birkaç tuşa basarak kaşlarını çattı ve ekrana baktı.

"Sorunu anlayabildin mi Henry?" diye sordu Baba.

"Ana belleğin anneanne bellekle bağlantısı kopmuş. Büyükanneanne bellek ise yerinden çıkmış," dedi Felaket Henry.

"Oo," dedi Baba.

"Ahh," dedi Anne.

"Haa?" dedi Mükemmel Peter.

"Bütün bunları gelecek yıl bilgisayar dersinde öğreneceksin," dedi Felaket Henry. "Şimdi herkes geri çekilsin, beni tedirgin ediyorsunuz."

Anne, Baba ve Peter geri çekildiler.

"Son umudumuz sensin," dedi Anne.

"Bilgisayarı tek bir şartla düzeltirim," dedi Henry.

"Ne istersen," dedi Baba.

"Ne istersen," dedi Anne.

"Kabul," dedi Felaket Henry ve şifreyi yazdı.

Brrrr! Brrrr! Çıt! Felaket Henry, Anne'nin tablolarını, Baba'nın raporlarını ve Mükemmel Peter'ın kompozisyonunu yazıcıdan çıkardı ve dağıttı.

"Çok teşekkür ederim," dedi Baba.
"Çok teşekkür ederim," dedi Anne.

Mükemmel Peter, kağıda basılmış kompozisyonuna sevinçle baktı ve onu dikkatlice okul çantasına koydu. Daha önce hiç bilgisayarda yazılmış bir ödev teslim etmemişti. Bayan Sevecen'in diyeceklerini duymak için sabırsızlanıyordu.

"Aman Tanrım, Peter, yazdığın kompozisyon ne kadar da güzel görünüyor!" dedi Bayan Sevecen.

"Kompozisyonumda sizi anlattım, Bayan Sevecen," dedi Peter sevinçle. "Okumak ister misiniz?"

"Elbette," dedi Bayan Sevecen. "Sınıfa hitaben okuyacağım."

Boğazını temizleyip okumaya başladı:

"Öğretmenimden Neden Nef..." Bayan Sevecen okumayı kesti. Suratı pembeye döndü. "Peter!" dedi zorlukla. "Hemen Müdür'e gidiyorsun! Şimdi!"

"Ama... Ama neden?.. Kompozisyonum bu kadar iyi olduğu için mi?" diye bağırdı Peter.

"HAYIR!" dedi Bayan Sevecen.

"Ağğhhhh!" diye ağlamaya başladı Mükemmel Peter.

PİİİİUUUUUUU! BAM! ÇATA ÇATA PAT! Galaksilerarası Robotlardan biri daha vurulmuştu. Bundan sonra ne oynasam acaba? diye düşündü Felaket Henry. Yılan Efendilerin İntikamı III mü? Zıpır Zapçı mı? Her şey bir yana, Felaket Henry'nin en sevindiği şey, Bayan Sevecen

komposizyonla ilgili olarak Anne ve Baba'ya telefon edince, Mükemmel Peter'a bir hafta bilgisayara yaklaşmama cezası verilmesiydi. Peter, Henry'yi suçlamıştı. Henry ise bilgisayarı.

# 3

## FELAKET HENRY İŞE GİDİYOR

"Sıra sende!"

"Hayır sende!"

"Sende!"

"Sende!"

"Geçen sene Henry'yi ben aldım!" dedi Anne.

Baba durup düşündü. "Emin misin?"

"EVET," dedi Anne.

"Emin olduğuna emin misin?" dedi Baba. Rengi solmuştu.

"Elbette eminim!" dedi Anne. "Nasıl unutabilirim?"

Ertesi gün çalışanların çocuklarını işe götürme günüydü. Anne, Peter'ı götürmek istiyordu. Baba, Peter'ı götürmek istiyordu. Maalesef birinin Henry'yi götürmesi gerekiyordu.

Baba'nın patronu daha o gün, Baba'nın sevimli oğluyla tanışmaya can attığını söylemişti. "Elbette ben de oğlum Bill'i getireceğim," demişti Büyük Patron. "Harika bir çocuktur. Melek gibi usludur. Zehir gibi akıllıdır. Harika futbol oynar. Matematiği çok iyidir. Mükemmel trompet çalar. Son derece terbiyelidir. Evet, Bill'le kesinlikle gurur duyuyorum."

Baba, Bill'e karşı nefret beslememek için kendini zorlamış, ama başarılı olamamıştı.

"Beni dinle, Henry," dedi Baba. "Yarın benimle iş yerine geliyorsun. Seni uyarıyorum, patronum *kendi* oğlunu getirecek. Mükemmel bir çocuk olduğunu duydum."

"Benim gibi mi?" dedi Peter. "Onunla tanışmaya can atıyorum. Birbirimize ne tür yardımseverlikler yaptığımızı anlatırız! En İyi Çocuklar Kulübü'ne katılmak ister mi acaba?"

"Sen Anne'nin işyerine gidiyorsun," dedi Baba üzgün bir ifadeyle. "Ben Henry'yi alıyorum."

"Harika!" dedi Henry. Okula gitmek zorunda olmadığım bir gün! diye düşündü. "Bilgisayarda oyun oynayacağım. Pudingli çörek yiyeceğim! İnternette sörf yapacağım!"

49

"HAYIR!" dedi Baba. İnsanlar işyerlerinde çalışırlar. Mükemmel davranmanı istiyorum. Patronum çok sert biri. Beni zor durumda bırakma Henry."

"Tabii ki bırakmam," dedi Felaket Henry. Çok kızmıştı. Baba böyle bir şeyi nasıl düşünebilirdi? Tek mesele, Henry'nin Bill gibi sıkıcı bir muhallebi çocuğuyla nasıl iyi vakit geçireceğiydi.

"Sana söylediklerimi sakın aklından çıkartma, Henry," dedi Baba, ertesi sabah işyerinin kapısına vardıklarında. "Bill'e iyi davran. Ne derse yap. Ne de olsa partonun oğlu. Onun kadar terbiyeli olmaya çalış."

"Pekâlâ," dedi Henry ters bir ifadeyle.

Baba'nın patronu, hoş geldin demek için yanlarına geldi.

"Ah, sen Henry olmalısın!" dedi Büyük Patron. "Bu da benim oğlum Bill."

"Seninle tanıştığıma memnun oldum, Henry," dedi Buyurgan Bill.

"Haa," diye homurdandı Felaket Henry.

Buyurgan Bill'e baktı. Ceket giymiş, kravat takmıştı. Yüzü ışıl ışıldı. Ayakkabıları o kadar cilalıydı ki, Henry üzerlerinde kirli suratını görebiliyordu. Koca günü bu sıkıcı Buyurgan Bill'le geçirmek zorunda olması ne büyük talihsizlikti.

"Pekâlâ çocuklar, ilk göreviniz toplantı odasındaki herkese çay yapmak," dedi Büyük Patron.

"Bunu yapmak zorunda mıyım?" dedi Felaket Henry.

"Henry!" dedi Baba.

"Evet," dedi Büyük Patron. "Toplam altı çay, hepsi tek şekerli."

"Çok teşekkürler Baba!" dedi Buyurgan Bill. "Çay yapmayı çok severim."

"Yaşasın," diye homurdandı Felaket Henry.

Büyük Patron geniş bir gülümsemeyle güldü ve odadan çıktı. Felaket Henry, Buyurgan Bill'le yalnız kaldı.

Büyük Patron odayı terk ettiği anda, Bill'in suratı değişti.

"Kendi çayını neden kendi yapmıyor ki?" diye hırladı Bill.

"Çay yapmayı sevdiğini sanmıştım," dedi Felaket Henry. Belki de işler yoluna giriyordu.

"Kesinlikle hayır," dedi Buyurgan Bill. "Neyim ben, hizmetçi mi? Sen yap çayı."

"Sen yap!" dedi Felaket Henry.

"Sen yap!" dedi Buyurgan Bill.

"Hayır," dedi Henry.

"Evet," dedi Bill. "Burası benim babamın şirketi ve sen de benim söylediklerimi yapacaksın."

"Hayır yapmayacağım!" dedi Henry.

"Evet yapacaksın," dedi Bill.

"Sen benim patronum değilsin," dedi Henry.

"Evet, ama babam *senin* babanın patronu," dedi Buyurgan Bill. "Eğer söylediklerimi yapmazsan, babama babanı kovmasını söylerim."

Felaket Henry, Buyurgan Bill'e ters
ters baktı, sonra ağır hareketlerle su
ısıtıcısını çalıştırdı. Henry kral olunca,
Bill için özel bir köpek balığı havuzu
yaptıracaktı.

Buyurgan Bill kollarını
kavuşturdu ve Henry'nin sıcak suyu
bardaklara doldurmasını sırıtarak
izledi. Ne sürüngen şey, diye
düşündü Henry, parmaklarını yalayıp şeker
kavanozuna daldırırken.

"İğrençsin," dedi Buyurgan Bill. "Seni
şikâyet edeceğim."

"Durma," dedi Henry, parmaklarındaki
şekeri yalarken. Buyurgan Bill, kuzeni
Kasıntı Steve'den sonra tanıştığı en
iğrenç çocuktu.

"Hey, aklıma harika bir fikir geldi," dedi
Bill. "Çayların içine şeker yerine tuz
koyalım."

Felaket Henry tereddüt etti. Ama, Baba
Bill'in her söylediğini yap dememiş miydi?

"Pekâlâ," dedi
Henry.

Buyurgan Bill her
bardağa tepeleme bir
kaşık tuz koydu.

"Şimdi olacakları
izle," dedi Bill.

"Teşekkür ederim, Bill," dedi Bay Sicim.
"Ne kadar akıllısın!"

"Teşekkür ederim," dedi Bayan Fasulye.
"Ne kadar harikasın!"

"Teşekkür ederim," dedi Büyük Patron.
"Çaylar nasıl olmuş?"

"Çok lezzetli," dedi Bay Sicim ve bardağı
masaya bıraktı

"Şahane," dedi Bayan Fasulye ve bardağı
masaya bıraktı.

"Hmm," dedi Baba ve bardağı masaya
bıraktı.

Sonra Büyük Patron çayından bir yudum
aldı. Suratı bir anda şekilden şekle girdi.

"İğrenç!" diye gürledi Büyük Patron çayı ağzından püskürterek. "İğğğğ! Kim buna tuz koydu?"

"Henry koydu," dedi Bill.

Felaket Henry öfkeden kudurdu.

"Yalancı!" dedi Henry. "Sen koydun!"

"Bu çayın tadı iğrenç," dedi Bay Sicim.

"Korkunç," dedi Bayan Fasulye.

"Onu engellemeye çalıştım, baba, ama beni dinlemedi," dedi Buyurgan Bill.

"Beni hayal kırıklığına uğrattın, Henry," dedi Büyük Patron. "Bill asla böyle bir şey yapmaz." Patron, Baba'ya bakarak sırıttı. Baba, yer  yarılsa içine girecek gibi görünüyordu.

"Ama ben yapmadım!" dedi Henry. Bakışlarını Bill'e dikti. Ne lanet bir çocuktu bu böyle!

"Çocuklar, şimdi de gidip telefonlara bakın. Bill sana ne yapman gerektiğini gösterir, Henry," dedi Büyük Patron.

Felaket Henry, Bill'in ardı sıra yürüyerek toplantı salonundan çıktı. Kendini benden sakın Bill, diye düşündü Henry. Sana gününü göstereceğim.

Bill büyük bir büro koltuğuna oturdu ve ayaklarını masanın üzerine uzattı.

"Ben ne yapıyorsam aynısını yap," dedi Bill. "Telefonlara benim gibi cevap ver."

Zır zır.

"Buyrun, burası Fil Evi!" dedi Bill.

Zır zır.

"Buyrun, burası Güven Kurutemizleme!" dedi Bill.

Zır zır.

"Buyrun, burası Panda Pizza!" dedi Bill.

Zır zır.

"Haydi Henry, sıra sende, telefona bak."

"Hayır!" dedi Henry. Az önce çay hazırlarken yaşananlardan sonra, Bill'e bir daha asla güvenmeyecekti.

Zır zır.

"Nesin sen, ödlek bir ördek mi?" dedi Bill.

"Hayır," dedi Henry.

"O zaman telefona bak. *Ben* baktım ne de olsa."

Zır zır zır zır.

"Pekâlâ," dedi
Henry. Ahizeyi
kaldırdı. Bu
telefona ilk ve son
bakışı olacaktı.

"Selam Kokarca!
Kovuldun!" dedi
Henry.

Hatta uzun bir sessizlik oldu.

"Henry sen misin?" dedi Büyük Patron
telefonun öteki ucundan.

Ciyaaak!

"Yanlış numara!"
diye çığlık attı
Henry ve telefonu
hızla kapattı. Hayır
olamazdı. İşte
şimdi başı
beladaydı. Hem de
büyük belada.

Büyük Patron, hışımla odaya girdi.

"Burada neler oluyor?" dedi öfkeyle.

"Onu engellemeye çalıştım, baba, ama beni dinlemedi," dedi Buyurgan Bill.

"Bu doğru değil!" dedi Felaket Henry. "Sen başlattın."

"Tabii tabii," dedi Buyurgan Bill.

"Sen ne yaptın oğlum?" diye sordu Büyük Patron.

"Telefonları kontrol ettim," dedi Baba Bill. "Sanırım 2. hatta bir sorun var. Hemen hallederim."

"İşte benim dâhi oğlum," dedi Büyük Patron neşeyle. Henry'ye ters ters baktı. Henry de Büyük Patron'a ters ters baktı.

"Bill nasıl yapıyorsa sen de öyle yap demiştim," dedi Baba.

"Yaptım!" diye tısladı Henry.

Baba Bill ile Büyük Patron, birbirlerine manalı bakışlar fırlattılar.

"Aslında Henry hiç böyle değildir," diye yalan söyledi Baba. Bir tufan kopsa ve onu önüne katıp oralardan götürse memnun olacaktı.

"Aslında ben her zaman böyleyimdir!" dedi Henry. "Sadece bugün hariç!"

"Bir sorun daha yaşanacak olursa, bir yıl boyunca harçlık alamayacaksın," diye homurdandı Baba.

Bu haksızlıktı. Suçsuz olduğu halde neden suçlanıyordu ki sanki?

"Sana bir şans daha vereceğim," dedi Büyük Patron. Henry'nin eline bir tomar kâğıt tutuşturdu. "Öğleden sonraki toplantıya bunların fotokopisini çek," dedi Patron. "Eğer bir kez daha sorun çıkarırsan, babana seni eve götürmesini söyleyeceğim."

Eve götürmek mi! Baba, Henry'yi asla affetmezdi. Henry'ye zaten yeterince kızgındı. Üstelik hepsi Bill'in suçuydu.

Felaket Henry, tehditkâr bakışlarla Bill'in peşinden fotokopi odasına gitti.

"Ha ha ha ha ha, başını nasıl da derde soktum!" diye kıkırdadı Bill.

Felaket Henry, Buyurgan Bill'in üzerine atlayıp onu paramparça etmemek için kendini zor tuttu. Bütün gün melek gibi uslu dursa bile, kazanan Bill olacaktı. Bill'den intikam almak için plan yapması gerekiyordu. Hemen. Ne yapabilirdi acaba? Bill'in yaptığı her yaramazlığın suçu

Henry'ye atılacaktı. Kimse
Henry'nin suçsuz olduğuna
inanmazdı. Eğer planının işe
yaramasını istiyorsa, Bill'i gafil avlamalıydı.

O an Felaket Henry'nin aklına harika bir
fikir geldi. Korkunç derecede şeytani,
muhteşem bir plan. Diğer bütün planları
geçersiz kılacak bir plan. Tarihteki yerini
alacak bir plan. Öyle bir plan ki – ama
Henry'nin kendine övgüler düzerek
kaybedecek vakti yoktu.

Buyurgan Bill, kâğıtları Henry'nin
elinden hızla çekti.

"Burası *benim* babamın bürosu, o yüzden
fotokopileri de ben çekerim," dedi Bill.
"Eğer uslu durursan, kâğıtları uzatmana
müsaade ederim."

"Ne dersen yaparım," dedi Felaket Henry
gevşek bir edayla. "Ne de olsa patron
sensin."

"Çok doğru, patron benim," dedi
Buyurgan Bill. "Ben ne dersem o olur."

"Elbette," dedi Felaket Henry tatlılıkla. "Hey, aklıma harika bir fikir geldi," diye devam etti peşinden. "Neden suratımızı korkunç hallere sokup fotokopisini çekmiyoruz? Sonra da fotokopileri toplantı odasına asarız, ne dersin?"

Buyurgan Bill'in gözleri parladı. "Evet!" dedi Bill. Dilini çıkarttı. Yüzünü maymuna benzetti. Dudaklarını sarkıttı. "Heh heh heh," diye güldü. Sonra durdu. "Dur bir dakika, bizi tanırlar," dedi.

Ağğhh! Felaket Henry bunu düşünmemişti. Harika planı gözlerinin

önünde suya düşmüştü. Günün
kazananı Bill olacaktı. Henry savaşı
kaybedecekti. Henry, Buyurgan Bill'i
kendisine gülerken görür gibi
oluyordu. HAYIR! Felaket Henry'yi
oyuna getiren hiç kimse yaşamaya
devam edemezdi. Planı değiştirmeliyim,
diye düşündü Henry umutsuzca. O an,
aklına bir çıkış yolu geldi. Yeni plan
riskliydi. Tehlikeliydi. Ama tek çıkış
yoluydu.

"O zaman," dedi Felaket Henry, " biz de
poplarımızın fotokopisini çekeriz."

"Evet!" dedi Baba Bill. "Ben de şimdi
aynı şeyi söyleyecektim."

"Önce ben yapayım," dedi Felaket Henry,
Bill'i kenara iterek.

"Hayır, önce ben!" dedi Bill, Henry'yi
geri iterek. EVET! diye düşündü Felaket
Henry, Bill fotokopi makinesinin üzerine
sıçrarken. "*Sen* resimleri toplantı odasına
asarsın."

"Harika!" dedi Henry. Bill'in aklından geçenleri okuyabiliyordu. Kendisi resimleri toplantı odasına asarken, Bill babasının odaya girmesini sağlayacaktı.

"Ben selobant alayım," dedi Henry.

"Evet, git selobant al," dedi Baba Bill, fotokopi makinesi çalışmaya başladığı sırada.

Felaket Henry, holü koşarak geçti ve Büyük Patron'un odasına geldi.

"Koşun, Bill'in yardıma ihtiyacı var!" dedi Felaket Henry.

Büyük Patron telefonu elinden bıraktı ve Henry'nin peşinden koşmaya başladı.

"Dayan Bill, baban seni kurtarmaya geliyor!" diye bağırdı ve fotokopi odasına girdi.

Buyurgan Bill, sırtı kapıya dönük halde fotokopi makinesinin üzerine eğilmiş neşeyle şarkı söylüyordu:

"Bir popo, iki popo, üç popo, dört popo, beş popo, altı popo, yedi po..."

"Bill!" diye çığlık attı Büyük Patron.

"Henry yaptı!" diye bağırdı Buyurgan Bill. "Ben sadece fotokopi makinesini kontrol ediyordum..."

"Kes sesini Bill!" diye bağırdı Büyük Patron. "Ne yaptığını gördüm."

"Onu engellemeye çalıştım, baba, ama beni dinlemedi," dedi Felaket Henry.

Felaket Henry, günün geri kalanını huzur içinde geçirdi. Bill bir araba azar işitip eve gönderildikten sonra, Henry bütün çalışma sandalyelerini kendi çevrelerinde döndürüp durdu. Çalışanların arkasına sessizce sokulup "Böö!" diye bağırdı. Daha sonra pudingli çörek yedi, bilgisayarda oyun

oynadı ve internette sörf yaptı. Ofiste
çalışmak gerçekten çok eğlenceli,
diye düşündü Felaket Henry.
Büyüyüp gerçek bir işe girmek için
sabırsızlanıyorum.

# 4

## FELAKET HENRY İLE ŞİŞMAN GRETA

"Okula evden yemek götürmeyeceksin, işte o kadar." diye gürledi Baba.

"Bu haksızlık!" diye gürledi Felaket Henry.

"HAYIR diyorsam hayır demektir," dedi Baba. "Çok uzun iş. Ayrıca hazırladığım sandviçi yemiyorsun."

"Ama okul yemekhanesindeki yemeklerden nefret ediyorum!" diye bağırdı Henry. "Boğulacak gibi oluyorum!" Henry, ellerini boğazına sardı ve nefes alamıyormuş gibi yaptı. "Bugün öğle yemeğinde tatlı olarak -iğğğ- meyve salatası vardı! Üstelik içinde kurtçuklar dolanıyordu! Midemde hâlâ kımıl kımıl oynadıklarını

hissedebiliyorum. İğğğ!" Felaket Henry
kendini yere attı ve öğürürmeye başladı.

Anne, televizyon seyretmeye devam etti.

Baba, televizyon seyretmeye devam etti.

"Ben okul yemekhanesindeki yemekleri
seviyorum," dedi Mükemmel Peter. "Çok
lezzetli ve besleyiciler. Özellikle de o harika
ıspanak salatası."

"Kapa çeneni Peter!" diye tısladı Henry.

"Anneeee!"diye ağlamaya başladı Peter.
"Henry bana 'Kapa çeneni' dedi!"

"Kes şunu Henry!" dedi Anne. "Okula
evden yemek götürmeyeceksin, işte o
kadar!"

Felaket Henry, Anne ve Baba'yla okula evden yemek götürmek konusunda haftalardır tartışıyordu. Henry ne pahasına olursa olsun, öğle yemeğini evden götürmek istiyordu. Aslında ne pahasına olursa olsun, okul yemekhanesinin yemeklerinden kaçmak istiyordu.

Felaket Henry, okul yemekhanesinin yemeklerinden nefret ediyordu. Pasaklı Sally kepçeye doldurduğu yemeği tepsiye *şlop!* diye öyle bir boşaltıyordu ki, yemeğin çoğu üstüne sıçrıyordu. Hele o yemekler! Saatlerce kuyrukta bekledikten sonra, Henry'yi bekleyen berbat bir makarna ile çürük domates sosu oluyordu. Ya da su

muhallebisi. Ya da patates püresi.
Felaket Henry, buna daha fazla
dayanamayacaktı.

"Lütfen," dedi Henry. "Beslenme çantamı
ben kendim hazırlarım." Bu harika olmaz
mıydı? Beslenme çantasına dört paket cips,
çikolata, pudingli çörek, kek, lolipop
şekerler ve bir adet de üzüm salkımı
koyardı. Ben gerçek bir öğle yemeği diye
buna derim işte, diye düşündü Henry.

Anne, düşünceli gözlerle Henry'ye baktı.
Baba, düşünceli gözlerle Henry'ye baktı.
Sonra birbirlerine baktılar.

"Eğer beslenme çantandaki her şeyi
bitireceğine söz verirsen, evden yemek
götürebilirsin," dedi Baba.

"Teşekkür ederim, teşekkür ederim,
teşekkür ederim," dedi Felaket Henry.
"Akşam eve döndüğümde, beslenme
çantamdaki her şey bitmiş olacak, söz." Hiç
şüpheniz olmasın, diye düşündü Henry
hınzırca. Yiyecek savaşında, beslenme

çantasındaki her şeyin hakkından gelecekti.
Buna hiç şüphe yoktu. Yiyecek savaşı,
yuppi!

Felaket Henry, ağır adımlarla kantine
girdi. İtaatsiz tebasına tepeden göz
süzen Felaket Kral Henry olmuştu.

Salondaki bütün çocuklar bağırıyor, çığlık
atıyor, birbirini itekliyor, yiyeceklerini
havaya fırlatıyor, karşılıklı
eğleniyorlardı. Burası cennet olmalıydı!

Felaket Henry mutlulukla gülümsedi ve Mutant Max desenli beslenme çantasını açtı.

Hımmm. Yumurtalı sandviç. Üstelik kepekli ekmekten. Üstelik maydonozlu. İğrenç! Ama Henry, sandviçi Açgözlü Graham'ın çikolata kremalı ekmeklerinden biriyle değiştirebilirdi. Ya da Kaba Ralph'in reçelli kanapelerinden biriyle. Evden yemek getirmenin en güzel yanı bu, diye düşündü Henry. Senin getirdiğin şeyi yemek isteyen biri mutlaka çıkardı. Okul yemekhanesindeki yemeğiyse kimse istemezdi. Henry ürpertiyle titredi.

Ama kötü günler artık geride kalmıştı, tarihin tozlu sayfalarında yerlerini almışlardı. Henry, o kâbus günleri bir felaket öyküsü olarak torunlarına anlatacaktı. O sahneyi gözünde canlandırabiliyordu. Henry irmik tatlısıyla türlü yemeği hakkındaki feci hikâyeleri anlatırken, çocuklar dehşet içinde feryat edeceklerdi.

Pekâlâ, başka neyimiz var acaba? Henry'nin parmakları yuvarlak bir şey buldu. Bir elma. Harika, diye düşündü Henry, atış alıştırması yaparken işine yarayabilirdi. Havuçlarıysa arkası dönükken Muhteşem Gurinder'i haklamak için kullanacaktı.

Henry, elini beslenme çantasının dibine daldırdı. En dipte ne vardı acaba? Kereviz saplarının ve tahıllı krakerlerin altında neler gizliydi?

Aman Tanrım! Mısır cipsi! Henry, mısır cipsini çok severdi. Öyle kıtır, öyle lezzetli, öyle nefistiler ki! Korkunç anne-babası, Henry'nin haftada sadece bir defa mısır cipsi yemesine izin veriyordu. Mısır cipsi! Ne mutluluk! Henry cipslerin tuzlu tadını şimdiden alır gibi oluyordu. Ne kadar yalvarırsa yalvarsınlar, mısır cipslerini kimseyle paylaşmayacaktı. Henry paketin ağzını açtı ve elini içine soktu...

Birden Henry'nin tepesinde büyük bir gölge belirdi. Kalın parmaklı, iri bir el, hızla yaklaştı. Pat! Gınam. Gınam.

Felaket Henry'nin cipsleri gitmişti.

Henry o kadar şaşırmıştı ki, bir süre konuşamadı. "Bu... bu... bu da neydi?" diyebildi Henry şaşkınlıkla, dev gibi bir kadın salına salına masaların arasında dolaşırken. "Benim cipslerimi çaldı!"

"Bu Greta," dedi Kaba Ralph. "Kendisi beslenme saatinden sorumlu kantin görevlisidir."

"Kendini ondan sakın!" dedi Hırçın Susan tiz sesiyle.

"Okulun en sinsice yemek kapan kantin görevlisidir," diye ağlamaya başladı Sulugöz William.

Ne? Öğrencilerin yemeğini kapan bir kantin görevlisi mi? Böyle bir şey nasıl olabilirdi? Henry, Şişman Greta'nın masaların arasındaki koridorlarda devriye gezmesini seyretti. Obur gözlerini bir o yana bir bu yana gezdiriyordu. Şişman Greta, Aerobik Al'in havuçlarıyla, Utangaç Ted'in yoğurduyla ve Hanımevladı Gordon'un portakalıyla ilgilenmedi.

Sonra birden...

Pat! Gınam. Gınam. Hırçın
Susan'ın şekerlemeleri gitmişti.

Pat! Gınam. Gınam. Titrek
Dave'in pudingli çöreği gitmişti.

Pat! Gınam.

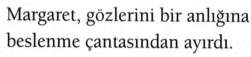

Gınam. İriyarı
Bert'in bisküvileri
gitmişti.

Huysuz

Margaret, gözlerini bir anlığına
beslenme çantasından ayırdı.

"Gözlerini beslenme çantandan ayırma!"
diye bağırdı Susan. Ama artık çok geçti!
Şişman Greta, Margaret'in yemeğini çoktan
silip süpürmüş, çikolatasını da tombul
yanaklarına tıkıştırmıştı.

"Hey, daha bitirmemiştim!" diye bağırdı
Margaret. Greta, onu dinlemeden yoluna
devam etti. Sulugöz William draje
çikolatalarını peynirli sandviçinin altına
saklamaya çalıştı. Ama Şişman Greta, bu
oyuna gelmedi.

Pat! Gınam. Gınam. Draje çikolatalar,
Greta'nın açılan ağzından aşağıya doğru
kaydı.

"Ağğhhh," diye ağladı Sulugöz William.
"Draje çikolatalarımı istiyorum!"

"Okulda şekerleme yemek yasak," dedi
Şişman Greta sert bir ifadeyle. Sonra da,

dişine göre yiyecekleri masalardan kıskıvrak yakaladığı devriye turuna devam etti.

Neden kimse Henry'ye kantinde Greta gibi bir görevli olduğunu söylememişti?

"Neden beni uyarmadın, Ralph?" diye sordu Henry.

"Bir işe yaramazdı. Onu durdurmanın imkânı yok."

Göreceğiz bakalım, diye düşündü Henry. Greta'ya ters ters baktı. Şişman Greta bir daha asla Henry'nin yemeğine dokunmayacaktı.

Greta, salı günü Henry'nin pudingli çöreğini kaptı.

Greta, çarşamba günü Henry'nin kekini kaptı.

Greta, perşembe günü Henry'nin bisküvilerini kaptı.

Cuma günü, Felaket Henry her zamanki gibi, Endişeli Andrew'u gevreklerini kendi tahıllı krakerleriyle değiş tokuş etmeye

ikna etti. Karete Kate'i çikolatasını
Henry'nin üzümleriyle değiş tokuş etmeye
ikna etti. İriyarı Bert'i bisküvilerini
Henry'nin havuçlarıyla değiş tokuş etmeye
ikna etti. Ama Şişman Greta, uzun
pazarlıklar sonucu elde ettiğim abur
cuburları gelip elimden alacaksa, bu kadar
zahmete girmemin ne anlamı var ki? diye
düşündü Henry umutsuzca.

Henry abur cuburlarını saklamayı
denedi. Abur cuburlarını gizlice yemeyi
denedi. Abur cuburlarını Şişman Greta'nın
elinden geri almayı denedi. Ama bütün
bunların hiç faydası olmadı.

Beslenme çantasını açtığı anda, Şişman Greta PAT! diye abur cuburları kapıyordu.

Bir şeyler yapmak gerekiyordu.

"Anne," dedi Henry, "okulda şekerlemelerimize el koyan korkunç bir kantin görevlisi var."

"Bu güzel bir şey, Henry," dedi Anne ve gazetesini okumaya devam etti.

"Baba," dedi Henry, "okulda şekerlemelerimize el koyan korkunç bir kantin görevlisi var."

"Güzel," dedi Baba. "Zaten çok fazla şekerleme yiyorsun."

"Okula şekerleme götürmemiz yasak, Henry," dedi Mükemmel Peter.

"Ama bu haksızlık!" diye bağırdı Henry. "Mısır gevreklerine de el koyuyor."

"Eğer beğenmiyorsan, yemeklerini tekrar okul yemekhanesinde yemeye başlayabilirsin," dedi Baba.

"Hayır!" diye haykırdı Henry. "Okul yemekhanesinin yemeklerinden nefret ediyorum!" Et suyuna çorba. Sulu köfte.

Sebze püresi. Tepside sağa sola giden canlı yemekler. HAYIR! Felaket Henry buna dayanamazdı. Yemeğini evden götürmek için çok uzun süre savaşmıştı. Baba'nın hazırladığı, sekiz temel vitamin ve mineralle zenginleştirilmiş yiyecekler bile, yemekhanenin yemeklerinden daha iyiydi.

Bir seçenek de, elbette, sadece sağlıklı yemekler yemekti. Greta sağlıklı yemekleri almıyordu. Henry, beslenme çantasından, üzerinde tere ve maydonoz sapları olan kepek ekmekli sandviç çıkarttığını hayal etti. Öğğh! İğrenç!

Yemeğini evden götürecekti, bundan

vazgeçmek istemiyordu. Ama Greta'yı durdurması gerekiyordu. Mutlaka.

Birden Henry'nin aklıma muhteşem, harikulade bir fikir geldi. O kadar parlak bir fikirdi ki, Henry bir süre bu fikri kendisinin bulduğuna inanamadı. Ah Greta, diye düşündü Henry hınzırca, kiminle dans ettiğini anlayınca çok pişman olacaksın.

Beslenme saati gelip çattı. Felaket Henry, beslenme çantasını açmadan bekliyordu. Kaba Ralph, cephanesini hazırlamış halde Henry'nin yanında oturuyordu. Greta'yı karşılamaya hazırdılar.

Güm. Güm. Güm. Korkunç kantin görevlisi devriye gezmeye başladığı anda, zemin sarsılmaya başladı. Felaket Henry,

Greta yanına iyice yaklaşana kadar bekledi.
ÇIT! Henry beslenme çantasını açtı.

PAT! Her zamanki şişman el uzanıp
Henry'nin bisküvilerini kaptı ve ağzına
tıktı. Greta bisküvileri dişlerinin arasında
ezmeye başladı.

Sonra birden...

"Aayyyyyy! Ciyaaak!" Kantini korkunç
bir çığlık kapladı.

Şişman Greta morardı. Daha sonra rengi

pembeye döndü. Daha sonra ise gül
kurusuna.

"Aayyyyyy!" diye uludu Greta.
"Yanıyorum! Şunu bana ver!" diye bağırdı,
Kaba Ralph'in pudingli çöreğini kapıp
ağzına tıkarken.

"Ciyaaak!" dedi Greta nefesi kesilerek.
"Yangın var! Su verin bana, su!"

Greta su dolu bir sürahiyi kaptığı gibi
başından aşağıya döktü. Sonra da uluyarak
koridoru geçti ve koşarak dışarı çıktı.

Bir an kantinde sessizlik oldu. Sonra herkes aynı anda alkış tutmaya ve tezahürat etmeye başladı.

"Vay be Henry," dedi Açgözlü Graham, "Greta'ya ne yaptın öyle?"

"Hiçbir şey," dedi Felaket Henry. "Sadece özel tarifimin tadına baktı. Kırmızı pul biberli bisküvilerimden tatmak isteyen var mı?"

# FELAKET HENRY

Felaket Henry karete kursuna gitmek
isterken zorla dans kursuna sürükleniyor,
Huysuz Matgaret'le mutfağa girip dünyanın
en iğrenç "glop"unu yapıyor, kamp tatilini
ailesine zehir ediyor ve küçük kardeşi
Peter'a benzemek için var gücüyle çalışıyor.

## FELAKET HENRY VE
## GIZLI KULÜP

Felaket Henry aşıdan kaçmak için bin
dereden su getiriyor, kendisini Gizli
Kulüp'e almak istemeyen Huysuz
Margaret'ten intikam almak için plan
yapıyor, kendi doğumgününde çıngar
çıkartıyor ve anne-babasını kardeşi
Mükemmel Peter'ın yaramazlıklarına
inandıramıyor.

# FELAKET HENRY
# DİŞ PERİSİNE OYUN OYNUYOR

Felaket Henry, Diş Perisi'nden para
koparmak için ona oyun oynuyor, Huysuz
Margaret'i yatılı misafir olarak ağırlıyor,
öğretmenlerini sınıftan koşarak kaçırıyor ve
kuzini Çıtkırıldın Polly'nin düğününü
mahvediyor.

# FELAKET HENRY'NİN BİTLERİ

Felaket Henry bitlenince çareyi bitlerini bütün sınıfa yaymakta buluyor, okul gezisinde sınıftan kopup kendi başına program yapıyor, akşam yemeğine gelen misafirleri kendi hazırladığı menüyü yemeye ikna ediyor ve kardeşi Mükemmel Peter'i Ezenpençe'yle tanıştırıyor.

# FELAKET HENRY
# ÇABUK ZENGİN OLMA PEŞİNDE

Felaket Henry Noel'de istediği hediyeleri
almak için türlü numaralar çeviriyor,
okulun spor gününde ortalığı birbirine
katıyor, ailesinden sıkıldığı için evden
kaçıyor ve para kazanıp zengin olmanın en
parlak yolunu buluyor.

# FELAKET HENRY'NİN PERİLİ EVİ

Felaket Henry televizyon kumandasını
Mükemmel Peter'a kaptırmamak için hain
planlar yapıyor, perili odada bir gece
geçirmek zorunda kalıyor, okul kermesinde
büyük ödülü kazanmak için hazine
haritasının sırrını çözüyor, katıldığı
televizyon programında görgü kurallarını
öğreniyor.

# FELAKET HENRY VE
# MUMYANIN GAZABI

Felaket Henry Gizmo koleksiyonunu
tamamlamak için yeni bir yöntem
geliştiriyor, okulda başarılı olmanın yolunu
buluyor, yüzme dersine havuzdaki
köpekbalığı olarak katılıyor ve Anne'yi
mumyanın gazabından kurtarmak için
Peter'la plan yapıyor.